VENTE

ARMAND GOUZIEN

HOMO
ADDITVS
NATVRÆ
IMPRIMERIE DE L'ART

VENTE

ARMAND GOUZIEN

HOTEL DROUOT, SALLE N° 1

LES JEUDI 18, VENDREDI 19 ET SAMEDI 20 MAI 1893

à 2 heures 1/2

COMMISSAIRES-PRISEURS

Me G. COULON
56, rue du Faubourg-Montmartre, 56

Me G. BOULLAND
26, rue des Petits-Champs, 26

EXPERTS

M. VANNES

54, rue du Faubourg-Montmartre, 54

POUR LES

TABLEAUX, SCULPTURES, OBJETS D'ART

ET LA

Collection Félicien Rops

Pour les Livres

M. JEAN FONTAINE

LIBRAIRE

30, boulevard Haussmann, 30

Pour les Autographes

M. E. CHARAVAY

3, rue de Furstenberg, 3

Chez lesquels se trouve le présent Catalogue

EXPOSITION PUBLIQUE

Le Mercredi 17 Mai 1893, de 2 heures à 5 heures 1/2

ORDRE DES VACATIONS

Les Jeudi 18 et Vendredi 19 Mai 1893

Tableaux, Sculptures, Objets d'art, Eaux-fortes.

Le Samedi 20 Mai 1893

Livres, Autographes.

CONDITIONS DE LA VENTE

Elle sera faite au comptant.

Les Acquéreurs payeront CINQ POUR CENT en sus des adjudications, applicables aux frais de la vente.

L'exposition mettant le public à même de se rendre compte de l'état des objets, il ne sera admis aucune réclamation une fois l'adjudication prononcée.

Paris. — Imp. de l'Art. E. MÉNARD et Cie, 41, rue de la Victoire

MEMBRES DU COMITÉ D'ORGANISATION

DE LA

VENTE ARMAND GOUZIEN

Président : M. A. VACQUERIE

Vice-Président : M. LOCKROY

MM. GILLE, du *Figaro*

ARTHUR MEYER, du *Gaulois*

A. SILVESTRE, de l'*Écho de Paris*

E. MARC, de l'*Illustration*

BÉRARDI, de l'*Indépendance Belge*

DALLIGNY, du *Journal des Arts*

MASSENET

CAMILLE SAINT-SAENS

MM. CLAIRIN

CORMON

DETAILLE

DUEZ

ESCALIER

FÉLICIEN ROPS

GÉRÔME

JOURDAIN

LOBRE

MERSON

PAUL MATHEY

ROYBET

ARMAND GOUZIEN

C'est dans l'hospitalière maison du poète Catulle Mendès, rue de Villiers, et en 1866, que je connus Armand Gouzien qui y fréquentait, en même temps que François Coppée, Villiers de Lisle-Adam, Stéphane Mallarmé, en de très wagnériennes soirées dont le souvenir m'est encore très vivant. Tout y était ferveur pour Pasdeloup qui venait de fonder les Concerts populaires du Cirque d'Hiver. Jamais je n'entendis de meilleure musique et de plus beaux vers que dans ce milieu select, où Coppée et moi apprenions notre métier dans lequel excellait déjà le jeune auteur de *Philoméla* et d'autres poèmes superbes encore inédits à cette époque.

Gouzien avait alors vingt-sept ans et exerçait je ne sais plus quelles fonctions dans l'administration des télégraphes. C'était un superbe garçon à la taille haute, à la chevelure noire, aux yeux vifs, à la bouche largement souriante, au verbe éclatant, à l'esprit fantasque, tout à fait sympathique et vers qui je me sentis, du premier coup, attiré. D'une voix un peu blanche, mais maniée avec un goût où se sentait la fréquentation de Darcier, il nous chantait la *Légende de Saint-Nicolas,* et les mélodies qu'il composait généralement sur des poésies du dieu de la maison, Théophile Gautier. A vrai dire on ne retrouvait pas le grand et fervent admirateur de Wagner dans ces œuvres d'un charme facile et qui sont demeurées, dans ma mémoire, comme une très aimable curiosité. *Au pays où j'ai fait la guerre* et *Beau Loys, j'ai dans ta prunelle* méritaient de devenir populaires.

C'est, autant que je me le rappelle, Auguste Vacquerie, qui l'honorait d'une grande affection, par qui Gouzien entra dans le journalisme où sa gaieté naturelle lui fit vite un nom parmi les chroniqueurs. Il fut l'inventeur de ces à peu près qui firent fureur et on cite encore, de lui, des mots de la fin, — comme on cite aujourd'hui, en les répétant cyniquement depuis vingt ans sans en rappeler l'auteur. Mais cette besogne futile et brillante, où il excella, était fort au-dessous des aspirations vraiment élevées, littérairement et artistiquement, de ce vrai gentilhomme de lettres. Il affirma celles-ci en se consacrant, en compagnie de Villiers, à une revue où nous avons tous écrit, où des pages vraiment remarquables furent semées, et qui reste un des plus nobles efforts et des plus désintéressés que j'aie connus. Tout ce que le Parnasse avait enfanté de glorieux se fit honneur d'écrire dans la *République des Lettres* dont Villiers était la pensée et Gouzien l'activité.

Dans un journal quotidien qui mérite de ne pas être oublié, nous nous retrouvâmes plus intimement rapprochés et, entre nous, s'établit une camaraderie qui devint rapidement une vraie et profonde amitié. Après la guerre, Arsène Houssaye, notre maître et notre ami commun, avait fondé la *Gazette de Paris* où il avait rêvé de ne laisser parler politique que par des poètes. Paul Verlaine était quelque chose comme le Ranc de la maison. Gaston Jollivet en était le Cassagnac et moi le Lissagaray. De deux jours l'un, Jollivet écrivait une *Chronique de l'extrême droite* et moi une *Chronique de l'extrême gauche*. De temps en temps nous nous remplacions, sans que le lecteur s'en aperçût, tant nos convictions étaient ardentes. Grand honneur pour cette maison littéraire. Théophile Gautier y occupait le rez-de-chaussée avec son feuilleton dramatique. Armand Gouzien était secrétaire de la rédaction et, avec une verve, une facilité de travail, un dévouement merveilleux, il suppléait aux articles manquants, écrivait de ci, écrivait de là, se dépensait en une prodigieuse monnaie d'esprit. Jamais je ne fus aussi heureux que pendant ma carrière politique dans cet aimable journal, avec pour premier patron Arsène Houssaye, et pour second, notre pauvre et cher Gouzien.

C'est en 1880, quelques années plus tard, qu'il fut nommé commissaire du gouvernement auprès des théâtres subventionnés, mission convenant à ses façons courtoises, à son grand tact, et à sa réelle compétence, en musique surtout. En Breton fidèle, il apporta, dans ses fonctions, le culte de ses amitiés, et on ne saurait dire les services qu'il rendit, se compromettant quelquefois soi-même pour obliger. Vis-à-vis de Henry Littolff, pour qui il avait une grande admiration, il fut vraiment héroïque et admirable. Il ne tint pas à lui que *les Templiers* n'eussent leur succès à l'Opéra, et *le Roi Lear* perdit en lui son défenseur le plus vaillant et le plus convaincu. Je n'oublierai jamais les matinées que nous passâmes ensemble, à Saint-Cloud, dans la petite maison appartenant aux haras nationaux, où habitait Littolff. Quelle atmosphère de jeunesse on y respirait entre ce beau vieillard qui avait gardé toutes les fougues de l'enthousiasme et cet homme en pleine maturité qui avait gardé, aux heures d'abandon, de véritables gaietés d'enfant!

Pour combien d'autres il combattit le bon combat, avec une amitié intrépide! Pour ce grand musicien aussi qui s'appelle Franz Servais, et dont *l'Apollonide* eut Armand Gouzien pour premier confident; pour Félicien Ropps, dont il parlait sans cesse avec un enthousiasme qui ne contribua pas peu à faire connaître au public français cet admirable artiste; pour le sculpteur Cyprien Godebski, à qui il fit commander le monument de Théophile Gautier. Et comme toutes les amitiés se pressaient autour de sa personne, qui se pressent maintenant autour de son souvenir! Gaston Berardi, Clairin, le docteur Fiaux, Édouard Lockroy, que sais-je? Cet aimable Leys, qui est mort aussi depuis peu, et où je vis Gouzien pour la dernière fois causant peinture avec Roybet et Juana Romani. se mettant au piano, avec de joyeuses chansons aux lèvres, dès qu'on le lui demandait.

Il était vraiment de tous les milieux où régnait l'aristocratie d'un art quelconque. Non pas en France seulement, mais en Belgique et en Hollande, où il était adoré. J'ai fait plusieurs fois avec lui le voyage des Flandres et des bords du Zuyderzée; avec son esprit vif, sa belle humeur endiablée, son noble appétit d'homme à la conscience pure, son large rire et ses joies bruyantes, il était, pour nos voisins du Nord, l'incarnation de la verve gauloise et de la philosophie épicurienne dont Rabelais fut le Platon. Oh! les belles soirées à *l'Indépendance belge*, chez l'avocat Picard, ce vrai Mécènes, dans ce monde hospitalier et luxueux où il était accueilli comme un dieu de la gaieté! Il n'était pas une bibliothèque de bons vins ou une collection de mauvais tableaux à laquelle il échappât. Il avait des mots adorables. — Quelle riche collection de Von Croutten! me disait-il un jour, en sortant d'une galerie d'amateur. Sa bonhomie n'était pas toujours exempte de quelque chose de narquois et de très fin, dont l'expression était un régal pour les délicats.

Et derrière cet esprit charmant, sous ce causeur aimable, dans ce mondain qu'on se disputait, un homme de devoir s'il en fut, et de vertus domestiques. Avec quelle fierté il parlait du talent de sa charmante fille sur le piano! Il portait sur la poitrine la plus enviable des décorations parce qu'elle ne paie jamais que le courage: la Médaille Militaire. Il s'était rappelé, quand la guerre était venue, qu'il avait appris de quoi rendre de grands services sur les champs de bataille et il avait largement, voire héroïquement, payé de sa personne devant l'ennemi.

Mais, si quelque chose peut donner une idée des sympathies qui escortaient Armand Gouzien dans la vie, c'est la présence même de cette petite collection d'œuvres d'art, son unique fortune, qui va se disperser grossie des souvenirs que ses amis apportent, comme un gage de tendresse posthume autour de son tombeau. Tous ces témoignages d'affection d'artistes qui savaient tous que Gouzien, sans fortune cepen-pendant, bien que journaliste à ses heures, n'était pas de ceux qui émargent aux émissions financières, sont, à mon avis, tout à fait touchants. Théophile Gautier, qui n'avait jamais demandé un tableau à personne, avait, lui aussi, une petite collection pareille dont il était fier comme d'un hommage rendu aux qualités aimables de son caractère bien plus qu'à son talent. Le vent des enchères a dispersé ces humbles richesses du poète. Décidément le temps est mauvais pour ceux qui portent, en eux la fierté d'une âme d'artiste, et Armand Gouzien était de ceux-là.

Ce qu'il laisse d'ailleurs derrière lui, à sa femme, à sa chère fille, n'est pas un héritage sans prix. Ils sont rares aujourd'hui les noms qui se peuvent porter avec orgueil, ceux qui, à peine prononcés dans les hasards mêmes de la causerie, soulèvent autour des survivants qui les portent, comme un murmure de sympathie, d'émotion réelle et de regrets. Ce fut une belle existence et bien injustement trop courte, que celle de cet esprit ouvert à toutes les nobles choses, que celle de ce cœur facile à toutes les saintes affections, que celle de cet homme joignant, à une véritable valeur artistique, la sincérité d'une gaieté loyale et de bon aloi. Il avait cette marque certaine de supériorité de ne jamais dire un mot méchant, lui à qui les mots amusants coûtaient si peu! La méchanceté est la part des médiocres. Les gens de réelle perspicacité, comme lui, ne se repentent jamais même des bienveillances imméritées; ils plaignent ou méprisent ceux qui leur sont une désillusion, mais ils ont l'orgueil de ne pas fouler, sous leurs propres pieds, ce qui leur fut un semblant d'idole ou de rêve. J'ai, je l'avoue, pour ces âmes sans rancune une fraternelle admiration.

« Celui qui repose ici fut spirituel et bon. » Heureux ceux qui méritent cette simple épitaphe. Nul plus qu'Armand Gouzien ne l'a méritée. C'est avec une émotion bien vraie et des larmes aux yeux que je l'écris au bas de ces pages où je n'ai entendu donner de lui qu'une silhouette attendrie, qui ne vaudra que pour les siens et pour ses amis. Ce fils de Bretagne, à l'athlétique encolure, était, à la fois, de race bretonne et de souche chrétienne. C'était une âme pétrie de joie honnête et de charité. Nous sommes, tous les deux, d'un temps où les meilleurs et les plus sincères d'entre nous doutent. Ils seraient doux cependant à espérer les rendez-vous lointains où se relieraient les amitiés anciennes, où se continueraient les causeries et les rêves qui furent la vie, et dont peut-être ceux qui restent se souviennent seuls!

ARMAND SILVESTRE.

3 mars 1893

ARMAND GOUZIEN.

OEUVRES OFFERTES

Par les amis de son père

A

MADEMOISELLE ARMAND GOUZIEN

DÉSIGNATION SOMMAIRE

1 — Arcos. Marocain accroupi.

2 — Benjamin Constant. Tête de jeune femme.

3 — Berne-Bellecour. Dragon au bivouac.

4 — Besnard. Deux eaux-fortes.

5 — Béthune. Ostende. Aquarelle.

6 — Clairin. Le Matin. Aquarelle.

7 — Clairin. A Venise. Aquarelle.

8 — Clairin. Femme espagnole. Aquarelle.

9 — Clairin. Marin breton. Aquarelle.

10 — Clairin. Marin breton. Aquarelle.

11 — Clairin. Portrait de Victor Hugo. Dessin.

12 — Clairin. Marine. Dessin.

13 — Cesbron. Fleurs. Peinture.

14 — Cormon. La Retraite de Moscou. Peinture.

15 — Detaille. Infanterie de ligne. 1828. Dessin rehaussé.

16 — Deyrolle. Mouettes et goëlands. Peinture.

17 — Deyrolle. La Jardinière. Peinture.

18 — Duez (E.). Coup de vent dans les roses. Aquarelle.

19 — Edelfelt. Marine. Aquarelle.

20 — Escalier. (N.). Vue du palais de Versailles. Aquarelle.

21 — Glaize (Léon). Fantaisie. Sanguine.

22 — Gervex. Étude.

23 — Gérôme. Étude pour son tableau *le Kiosque du sérail*.

24 — Helleu. Fleurs. Pastel.

25 — Jeannin. Dalhias. Peinture.

26 — Jeanniot. La Seine, le soir. Peinture.

27 — Laffitte-Gérald. Éventail.

28 — Lahaye. (A.). Sous l'olivier. Peinture.

29 — Lobre. Fillette dans un intérieur. Peinture.

30 — Madeleine Lemaire. Fleurs. Aquarelles.

31 — Mathey (P.). Paysage. Peinture.

32 — Nozal. Falaises d'Étretat.

33 — Puvis de Chavannes. Tête de jeune fille. Dessin.

34 — Quost. Fleurs et tulipes. Aquarelle.

35 — Rameau (Jean). Pastel.

36 — Rochegrosse. Salammbô. Peinture.

37 — Roger Jourdain. Seule. Peinture.

37 *bis* — Romani (Juana). Tête de femme.

37 *ter* — Roybet. Étude pour le tableau : *Charles le Téméraire, à Nesle*. Salon de 1893.

MUSIQUE

38 — Saint-Saens. Le Rossignol. Composition autographe du maître, signée et datée 1892.

39 — Massenet. Horace et Lydie. Composition autographe et inédite du maitre. Signée.

SCULPTURES

40 — Mercié. Cire.

41 — Valgren (Antoinette). Bretonne.

42 — Valgren (Antoinette). Saint Jean-Baptiste.

43 — Valgren (V.). Maternité.

44 — Valgren (V.). Ophélie.

45 — Valgren (V.). Adoration des bergers.

TABLEAUX

AQUARELLES, DESSINS, OBJETS D'ART

DÉPENDANT DE LA SUCCESSION

46 — ALCHIMOWIEZ. Ruth et Booz.

47 — ANETHON (A.). Jeune Fille lisant.

48 — ARANDA. Personnage en costume du XVIIIe siècle, lisant son journal. Dessin à la plume.

49 — ARCOS. Intérieur de plaza de toros.

50 — ARTHAN. Marine.

51 — BASTIEN-LEPAGE. Paysan regardant un arc-en-ciel.

52 — BEERS (Jan Van). Femme conduisant une vache au pâturage.

53 — BÉTHUNE. Aquarelle.

54 — BÉTHUNE. Port de mer. Aquarelle.

55 — BOMPART (M.). Canotier et canotière.

56 — BONVIN (Attribué à). Paysanne lisant ses prières.

57 — BOUCHOR (J. T.). Vue de Biskra.

58 — Breslau (Mlle). Fillette brodant au métier.

59 — Breslau (Mlle). Portrait d'enfant.

60 — Breslau (Mlle). Jeune Femme dans les falaises.

61 — Bruno (Marc). Le Rêve. Dessin à la plume.

62 — Butin (Ulysse). Le Vœu. Étude faite pour le Musée de Lille.

63 — Butin (Ulysse). Six dessins sous verre.

64 — Carbonero (Moreno). Espagnol assis sur une borne.

65 — Casas. Le Lever.

66 — Cesbron. Bouquet de coucous.

67 — Clairin (G.). Espagnol.

68 — Chelmonski (José). Têtes de chevaux.

69 — Chelmonski (José). Paysans russes conduisant un traîneau.

70 — Colin (D.). Vue du village de Tarassofka.

71 — Corcos. Le Skating-Ring.

72 — Corcos. Au Parc Monceau.

73 — Corcos. Le Jeune Chanteur. Dessin rehaussé.

74 — Corcos. Tête de vieillard. Dessin rehaussé.

75 — Corcos. Tête d'Italienne. Peinture.

76 — CORMON (F.). Bouquet de chrysanthèmes.

77 — CORMON (F.). Portrait d'enfant.

78 — CORMON (F.). L'Age de pierre. Eau-forte de Lecouteux, *sur parchemin.*

79 — CRAPELET. Vue d'Espagne. Dessin à la plume.

80 — DETAILLE. L'Estafette. Dessin à la plume rehaussé, 1883.

81 — DEYROLLE. La Vallée de l'Otet.

82 — DEYROLLE. Port de Concarneau.

83 — DIEUDONNÉ (E.). Portrait de jeune femme. Dessin.

84 — DUBOIS (L.). Village sur l'Escaut. 1873.

85 — DUEZ (E.). Botte de coquelicots, au pastel.

86 — DUEZ (E.). Jeune Femme assise. Dessin.

87 — ENGLER. Paysage en Normandie.

88 — ENGLER. Paysage en Normandie.

89 — FALEIRO. La Paysanne. Porte le cachet de la vente.

90 — GANDARA. Coin de Paris la nuit.

91 — GŒNEUTTE (N.). Les Vieux Marins.

92 — GŒNEUTTE (N.). Portrait de jeune femme. Aquarelle.

93 — GILL (André). Le Vase. Dessin.

94 — GLAIZE (Léon). Le Triomphe de Thésée. Aquarelle.

95 — GINO DE SANCTÈS. Le Gardien du Sérail.

96 — GINO DE SANCTÈS. Paysan napolitain dans les bois.

97 — GIRON. Portrait du sculpteur Carriès.

98 — GRASSET (E.). Les Saltimbanques.

99 — GUILLOU (A.). Le Grand-Père.

100 — HERVIEZ. Paysage au bord de l'eau. Aquarelle.

101 — INCONNU. Vache.

102 — ISABEY (Attribué à E.). Calfatage d'un bateau.

103 — JEANNIOT. Au jardin. Dessin pour l'illustration des *Misérables*.

104 — JEANNIOT. Le Vieux Jardinier.

105 — JEANNIN (G.). Botte de pivoines.

106 — JEANNIN (G.). Pommes.

107 — JONIS (P.). La Bénédiction des chevaux à Rome. Dessin.

108 — JOURDAIN (Roger). Barques en mer, à Villerville.

109 — LAHAYE (A.). Espagnol jouant de la guitare.

110 — LAHAYE (A.). La Fileuse.

111 — Lahaye (A.). Le Déjeuner des paysans.

112 — Lahaye (A.). Intérieur breton.

113 — Lapostolet. Marché en Espagne.

114 — Lapostolet. Entrée de ferme en Auvergne.

115 — Lapostolet. La Laveuse.

116 — Lapostolet. La Briqueterie.

117 — Lapostolet. Une Rue, à Rouen.

118 — Lapostolet. Vue de Venise.

119 — Lapostolet. Vue de Venise.

120 — Lépine (A.). Nature morte.

121 — Le Sénéchal. Marine.

122 — Lobre. Jeune Fille caressant un chat.

123 — Lobre. Le Béguinage.

124 — Madeleine Fleury. Petite Bretonne de Saint-Jaccud-en-Mer, regardant le coucher du soleil.

125 — Marius Michel. Porte d'un tonnelier, à Florence.

126 — Marius Michel. Intérieur de Gitane.

127 — Marius Michel. La Dévideuse à Capri.

128 — Marius Michel. La Jetée.

129 — MARIUS MICHEL. Marine.

130 — MARIUS MICHEL. Champs d'Étretat. Pastel.

131 — MARIUS MICHEL. Un coin du musée de Boulacq.

132 — MARIUS MICHEL. Tête de femme. Peinture sur soie.

133 — MARIUS MICHEL. Vallon. Étude.

134 — MARIUS MICHEL. Roulotte de saltimbanques.

135 — MARIUS MICHEL. Barque échouée au bord de la mer. Étretat.

136 — MARIUS MICHEL. Bateau en chantier.

137 — MARIUS MICHEL. Paysagiste au bord des falaises.

138 — MARIUS MICHEL. Bateau de pêche au clair de lune, en Hollande.

139 — MAUFRA (M.). Effet de neige.

140 — MONTICELLI. Scène fantastique.

141 — MOORMANS (FRANZ). Le Déjeuner.

142 — MUNOZ. Paysage en Espagne.

143 — NOZAL. Les Meules de blé.

144 — PELEZ (C. F.). Chasseur de Vincennes.

145 — Périer (Sanchez). Plage.

146 — Pille (H.). Le Quatuor. Dessin à la plume.

147 — Pinchart. Femme espagnole.

148 — Priéton (P. M.). Boutique d'un forgeron.

149 — Quost (E.). Fleurs.

150 — Rapallo. La Rivière de Gênes, dessin rehaussé. Vient de la Vente.

151 — Régamey. Chasse aux mouettes. Pastel.

152 — Renié (A). Vue d'Italie. Aquarelle.

153 — Ribarz. Le Village de Cayeux.

154 — Ribarz. L'Écluse à Cayeux (Calvados).

155 — Ribot. Portrait de femme à l'encre de Chine.

156 — Riou. Campement du Sérapéum. Aquarelle.

157 — Romain. Tête de jeune homme.

158 — Rops (Félicien). Le Repos.

159 — Rops (Félicien). Jeune Femme voilée.

160 — Rops (Félicien). Vue de Séville, 1880.

161 — Rops (Félicien). En forêt.

162 — Rops (Félicien). Tolède.

163 — ROPS (FÉLICIEN). Étude de rochers. Peinture au couteau.

164 — ROPS (FÉLICIEN). Le Chemin.

165 — ROPS (FÉLICIEN). Femme de brasserie en Belgique. Cette peinture a été gravée par l'auteur.

166 — ROPS (FÉLICIEN). La Comédie.

167 — ROPS (FÉLICIEN). En Seine.

168 — ROPS (FÉLICIEN). Italienne épluchant des légumes. Dessin.

169 — ROPS (FÉLICIEN). Femme faisant un fagot en forêt. Dessin.

170 — ROPS (FÉLICIEN). La Buveuse d'absinthe. Dessin.

171 — ROPS (FÉLICIEN). La Femme au polichinelle. Dessin.

172 — ROPS (FÉLICIEN). Flore. Aquarelle.

173 — ROPS (FÉLICIEN). Tête de marin. Dessin.

174 — ROPS (FÉLICIEN). Tête de vieille femme. Dessin.

175 — ROPS (FÉLICIEN). L'Attente : Jeune Femme. Dessin à la plume.

176 — ROPS (FÉLICIEN). Épisode de la guerre de 1870. Dessin.

177 — ROPS (FÉLICIEN). Le Paysagiste. Dessin rehaussé.

178 — ROPS (FÉLICIEN). L'Amateur de musique.

179 — ROPS (FÉLICIEN). Dessin à la plume.

180 — ROUART. Gondole près d'un palais, à Venise.

181 — RUSSIGNOL. Intérieur d'une cour, en Espagne.

182 — SARGENT. Vue de Venise.

183 — SARGENT. Portrait du sculpteur Carriès.

184 — TIRADO. Couloir d'hôtellerie.

185 — TIRADO. Course de taureaux.

186 — TORRENTZ. Tête d'Espagnol.

187 — TORRENTZ. Tête de femme.

188 — TORRENTZ. Tête de femme.

189 — TORRENTZ. Tête de femme.

190 — TORRENTZ. Tête de femme.

191 — VALLÉE (E.). La Pluie en Hollande.

192 — VERWIEZ. Garçon de ferme et taureaux flamands.

193 — VERWOST. Vue en Hollande.

194 — XIMÉNÈS (L.). La Bretonne.

195 — XIMÉNÈS (L.). Le Savant. Aquarelle.

196 — XIMÉNÈS (L.). La Balayeuse du carreau, au Temple.

197 — XIMÉNÈS (L.). Le Goûter aux champs. Aquarelle.

COLLECTION FÉLICIEN ROPS

198 — 1° Très importante Collection d'eaux-fortes composée de trois cent soixante-sept pièces, en grande partie tirée sur papier Japon.

2° Lettre autographe de Félicien Rops, — *sur parchemin* — qui sera remise à l'acquéreur de la collection. — Le fac-similé de cette lettre est ci-contre annexé au présent catalogue.

Pour visiter la collection avant la vente, s'adresser à M. Vannes, expert, Faubourg-Montmartre, 54, tous les jours, *de midi à deux heures.*

LETTRE DE FÉLICIEN ROPS

Paris le 8 mars 1893

Mon Cher Monsieur Vannes.

Je viens d'examiner très attentivement la Collection Rops-Gouzien. Telle qu'elle est, elle est *introuvable*. En outre beaucoup de ces planches sont effacées. Autre chose. Je m'engage *formellement* à donner une épreuve *de toutes les planches que je ferai dorénavant* à la personne qui achètera cette collection. Je fais de trente à quarante planches par an. En admettant que je vive encore dix ans, ce qui est peu pour la famille de centenaires dont je suis, cela fera je crois à l'acheteur une prime sérieuse ; et si le Diable, qui est le bon Dieu, me prête vie, il y ajoutera dix autres années ! Je ferai cela avec bonheur pour la fille de mon cher et vieil ami, tant regretté !

Mes affectueuses civilités,

Cher Monsieur.

Félicien Rops

SCULPTURES

199 — CARRIÈS. L'Évêque. Plâtre patiné par l'auteur.

200 — CARRIÈS. Le Guerrier. Terre cuite.

201 — CARRIÈS. Koui-Koui-Koui. Cire patinée par l'auteur.

202 — CARRIÈS. L'Enfant endormi, n° 1. Plâtre patiné par l'auteur.

203 — CARRIÈS. L'Enfant endormi, n° 2. Plâtre patiné par l'auteur.

204 — CARRIÈS. Une Dame d'autrefois. Plâtre patiné par l'auteur.

205 — CARRIÈS. Un Seigneur français. Statuette patinée par l'auteur.

206 — CARRIÈS. Le Mandarin. Plâtre patiné par l'auteur.

207 — CARRIÈS. Franz Hals. Plâtre patiné par l'auteur.

208 — CARRIÈS. Charles Ier. Plâtre patiné par l'auteur.

209 — CARRIÈS. Le Comédien. Plâtre patiné par l'auteur.

210 — MERCIÉ. Moulage en plâtre de la statuette de David.

211 — Gérôme. La Danseuse tanagréenne. Statuette en plâtre coloriée par l'auteur.

212 — Godebski. Étude de persuasion, pour le Musée de Lille.

213 — Godebski. Portrait de Berlioz — Damcke et Stephen Heller. Bas-relief en plâtre patiné.

214 — Rodin. Jeune Femme nue et assise. Plâtre.

215 — Valgren (Mme). Tête de Bretonne. Plâtre.

216 — Valgren (Mme). La Jeune Mère. Groupe en plâtre, 1890.

217 — Sussillo. Groupe de danseuses espagnoles.

TABLEAUX ANCIENS

218 — BREUGHEL LE VIEUX (ÉCOLE DE). La Moisson.

219 — ÉCOLE FRANÇAISE. Portrait d'homme en costume de l'Empire. Aquarelle.

220 — ÉCOLE FRANÇAISE. Portrait de femme en costume de l'Empire. Aquarelle.

221 — ÉCOLE HOLLANDAISE. Portrait d'homme.

222 — ÉCOLE HOLLANDAISE. Portrait de femme.

223 — ÉCOLE HOLLANDAISE. Domestique nettoyant des pièces de joaillerie. Aquarelle.

224 — VELASQUEZ (ÉCOLE DE). Portrait.

OBJETS D'ART

225 — Belle pendule en biscuit de Sèvres : *l'Amour retenant la faux du Temps*. Sur un socle en marbre blanc appliqué de bronzes ciselés et dorés au mat. Le sujet est la première épreuve faite à la Manufacture de Sèvres.

226 — Statuette d'Hercule en bronze, patine claire.

227 — Statuette de saint Jean en faïence de Nevers.

228 — Caffieri (D'après). Statuette de Molière, en biscuit de Sèvres.

229 — Japonais assis sur une grenouille, terre cuite de Bokaro, frottée d'or.

230 — Guerrier japonais, vêtu de son armure, terrassant un gorille; curieux groupe en porcelaine vernissée.

231 — Statuette japonaise en grès, à couverte stannifère jaspée.

232 — Deux statuettes de Vieux et de Vieille, en bambou sculpté.

Nota. — *Le Catalogue des Autographes et de la Bibliothèque a été tiré à part, et sera envoyé sur demande à M. Fontaine, expert, 30, boulevard Haussmann.*

www.ingramcontent.com/pod-product-compliance
Ingram Content Group UK Ltd.
Pitfield, Milton Keynes, MK11 3LW, UK
UKHW021030260726
13994UKWH00005B/2056

9 782329 337586